用古诗打开

启航吧知识号

漫阅童书 编绘

北京理工大学出版社
BEIJING INSTITUTE OF TECHNOLOGY PRESS

图书在版编目（CIP）数据

用古诗打开历史卷轴 / 漫阅童书编绘 . —— 北京 : 北京
理工大学出版社 , 2025.3.
（启航吧知识号）.
ISBN 978-7-5763-4630-5

Ⅰ . I207.2-49

中国国家版本馆 CIP 数据核字第 2025SP4104 号

责任编辑：杜　枝　　文案编辑：杜　枝
责任校对：刘亚男　　责任印制：王美丽

出版发行 / 北京理工大学出版社有限责任公司
社　　址 / 北京市丰台区四合庄路 6 号
邮　　编 / 100070
电　　话 / (010) 82563891（童书售后服务热线）
网　　址 / http://www.bitpress.com.cn

版印次 / 2025 年 3 月第 1 版第 1 次印刷
印　　刷 / 雅迪云印（天津）科技有限公司
开　　本 / 710 mm × 1000 mm　1/16
印　　张 / 8.5
字　　数 / 200 千字
定　　价 / 36.00 元

图书出现印装质量问题，请拨打售后服务热线，负责调换

前言

在《中国诗词大会》节目中，主持人董卿说："就像有人问世界著名登山家乔治·马洛里，为什么要攀登，马洛里回答，因为山就在那里。诗词也是如此，为什么要学诗，因为诗词就在那里，生生不息千年。"

古诗十分优美，但是在很多孩子眼里，它们就像是噩梦一样，因为古诗实在是太难背了。孩子一看到密密麻麻的原文、译文、注释就头疼，更别提理解古诗的意思了。

我们这套《用古诗打开历史卷轴》采用趣味漫画的形式，能够瞬间吸引孩子的兴趣，让孩子真正融入诗词的背景氛围里，了解古诗词背后的时代背景、人文逸事，拉近孩子与历史人物的距离，让记忆与知识迅速在孩子大脑中留下印象。

除此之外，在大语文时代，单纯地记忆背诵古诗词已经不能满足孩子全方位发展的需求，而应全力培养孩子的文、史、哲、艺等方面的能力，让孩子博学多识，成为多面手。

目录

第一辑·藏在诗里的王朝

QI HANG BA ZHI SHI HAO

强基阅读
系列

MI LAI ZHI SHI YU ZHOU

第二辑·古代的多元职业

第三辑·古代"朋友圈"

第四辑·奇妙的古代生活

第一辑 藏在诗里的王朝

用古诗回望历史兴衰，透过『采薇』揭开西周灭亡的真相，『大风歌』一响，小人物也能成帝王，东临碣石，以『观沧海』，三国争霸映入眼帘……

采薇 (节选)

《诗经·小雅》

昔①我往②矣，杨柳依依③。

今我来思④，雨雪⑤霏霏⑥。

行道迟迟⑦，载⑧渴载饥。

我心悲伤，莫⑨知我哀！

注释

①昔：从前，这里指出征的时候。

②往：前往，这里指去从军。

③依依：形容杨柳枝条随风摇摆。

④思：语气词，没有实在的意义。

⑤雨雪：下雪。雨在这里读作 yù。

⑥霏（fēi）霏：形容雪花纷飞。

⑦迟迟：形容动作迟缓。

⑧载：又。

⑨莫：没有人。

《采薇》称得上是边塞诗的鼻祖呢！

《诗经》

我国古代最早的诗歌总集，收录了从西周到春秋时期的诗歌。

译文

回忆当初出征的时候，杨柳枝条随风摇曳。
今天我回到了家乡，雪花在空中纷纷扬扬。
泥泞的道路很难行走，又渴又饿多么辛劳。
我怀着满腔的悲痛，谁能知道我的感受呢！

西周的灭亡

《采薇》说的是将士战后归乡，追忆边疆作战的故事。这首诗歌创作于我国历史上的第三个王朝——周朝。

你要和我比试一下吗？

周懿王性格懦弱，自他继位后，周王朝日渐衰弱，这给西北地区的西戎带来了可乘之机。

后来，王位传了一代又一代，传到周幽王时，周朝的力量越发衰败。可周幽王不但不想办法振兴国家，还一味地沉迷享乐。

这才是神仙般的日子呀！

据《史记》记载，周幽王的爱妃褒姒是个不爱笑的"冷美人"。为博得褒姒的欢心，周幽王就想出用"烽火戏诸侯"的办法来逗她高兴。

起初，各国诸侯看见狼烟，以为敌人来袭，就急匆匆地率兵前来御敌。当诸侯们被戏耍几次后，就不再相信周幽王了。

公元前771年，犬戎人猛烈地攻打国都，周幽王急忙点燃烽火台，却迟迟不见诸侯们相救，西周也因此而亡。

诗词博物志

把亡国罪责都推到女子身上，太不公平了！

西施（节选）

［唐］罗隐①

家国兴亡②自有时，

吴人何苦怨西施。

西施若③解倾④吴国，

越王亡来又是谁？

注释

①罗隐：字昭谏，杭州新城（今属浙江富阳）人，唐代诗人。

②兴亡：兴盛衰败。

③若：如果。

④倾：倾覆。

译文

国家的兴亡自有时运和规律，

吴国的百姓何苦去怨恨西施。

西施如果懂得怎么灭亡吴国，

后来让越国覆灭的又是谁呢？

争夺天下的五位诸侯

诗词博物志

周幽王去世后，他的儿子周平王即位，并将国都迁到洛邑，史称东周。周平王虽有天子的身份，却没有挟制各国诸侯的能力。那些兵强马壮的诸侯都想做天下的霸主，弥漫狼烟的春秋战国时代，也就此拉开了序幕。

当时，有五位诸侯有着"霸主"之名，他们分别是齐桓公、晋文公、楚庄王、吴王阖闾和越王勾践。

嗯!

吴越两国比邻而居，却经常发生战争。有一次，勾践射伤阖闾，害他丢了性命，两国就此结下血海深仇。

我迟早会报仇的！

阖闾的儿子夫差继承王位后，苦苦练兵，终于打败勾践，将他围困在会稽山。勾践为保性命，不得不向夫差投降，成为他的奴仆。

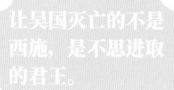

让吴国灭亡的不是西施，是不思进取的君王。

后来，勾践重获自由，他卧薪尝胆多年，终于消灭了吴国。因为两国对战期间，勾践曾为夫差设下美人计，后世许多人都将吴国灭亡怪到西施头上，于是罗隐就写了这首《西施》。

骆宾王：婺州义乌（今属浙江）人，唐代诗人，是"初唐四杰"之一。

于易水送别

［唐］骆宾王

此地①别燕丹②，
壮士③发冲冠。
昔时④人已没⑤，
今日水⑥犹⑦寒。

①此地：这个地方，指易水岸边。

②燕丹：战国时期燕国的太子，因单名一个"丹"字，人们常用"太子丹"来称呼他。

③壮士：侠义勇敢的人。这里指荆轲。

④昔时：往日，以前。

⑤没（mò）：死亡。

⑥水：这里指易水。易水是燕国南部的一条河流的名字，源出今河北易县境内。

⑦犹：仍然。

译文

在这里告别了燕国太子丹，
荆轲他满怀悲壮怒发冲冠。
昔日的英豪已经离开人世，
今天的易水仍是那么凄寒。

荆轲刺秦王

  战国时期，天下各诸侯国之间狼烟四起。秦、楚、齐、燕、赵、魏、韩是当时最强大的七个诸侯国。

我的目标是统一天下！

我的目标是帮助大王实现目标！

  秦王嬴政是一个野心勃勃的人，他不断地向其他国家发起战争，想要完成统一天下的霸业。

不除掉嬴政，我怎么吃得下饭！

  在秦王吞并赵国后，燕国太子丹为保护自己的国家，想出了刺杀秦王的险计。

太子丹听说荆轲武艺高
强、侠肝义胆，便请求他去行
刺秦王。

为了实现"行刺计划"，荆
轲为秦王准备了两份礼物：燕国
的地图和秦国叛将樊於期的首级。

临行那天，荆轲在易水河边
作别太子丹。在凛冽的寒风中，
高渐离击筑，荆轲和着拍子，悲
壮地唱着《易水歌》离去。

遗憾的是，行刺秦王的计划终
以失败告终，荆轲因此而死，燕国
也没有摆脱被吞并的命运。

垓下^①歌

[秦]项籍^②

一步走错，满盘皆输。

力拔山兮气盖世，

时不利兮骓^③不逝。

骓不逝兮可奈何！

虞兮虞兮奈若何！

 注释

①垓（gāi）下：古代的地名，在今安徽省灵璧县境内。

②项籍：字羽，泗水下相（今江苏宿迁）人，楚国名将项燕的后人。

③骓（zhuī）：这里指项羽的坐骑乌骓马。

 译文

我的力气拔得起高山呀，

豪气盖世，

遗憾的是我时运不济呀，

乌骓难驰。

乌骓马不再奔驰呀，

我能怎么办呢！

虞姬呀虞姬呀，

我又该如何安排你！

楚汉争霸

秦朝灭亡后，项羽和刘邦都想成为天下的新主人，旷日持久的"楚汉之争"也拉开了序幕。

项羽和刘邦的军队对峙多年，谁也没占到先机。于是，刘邦提议以运河鸿沟为界，将天下一分为二。项羽觉得这是个不错的主意，就答应了。

以后鸿沟东边归你，西边归我，怎么样？

我们优势在握，何不乘胜追击？

放了项羽就是养虎为患！

就在项羽带着军队撤离战地时，刘邦改变了主意，率领大军击败了项羽，并将项羽和楚军围困在垓下。

此时，楚军兵少粮尽，刘邦又命士兵们高唱楚地的歌曲。项羽和楚军听到歌声，以为汉军夺得了楚地，再也没有决斗的勇气了。

力拔山兮气盖世，
时不利兮
骓不逝。

诗词博物志

项羽回想起自己过去的英勇，现在却落入这般田地，不禁慷慨悲歌，唱出了这首《垓下歌》。

后来，项羽在将士们的护卫下突出重围，他觉得自己无颜再见江东父老，在乌江边自刎了。

大风歌

[汉]刘邦①

大风起兮云飞扬,
威②加③海内④兮归故乡,
安得猛士兮守⑤四方⑥!

注释

①刘邦:字季,沛县(今属江苏徐州)人,汉朝的开国皇帝。

②威:威望,威势。

③加:施加。

④海内:四海之内,这里指天下。

⑤守:守卫,守护。

⑥四方:这里指国家。

译文

大风吹呀吹,白云随风飞扬。

我威风凛凛一统天下呀,今天回到故乡。

怎样做才能得到猛士呀,为我镇守四方!

15

小小亭长变帝王

什么？
我会当皇帝？！

在秦朝，亭长只是一个芝麻大小的官职，所以刘邦在沛县当亭长时，连他自己都没想到，自己未来会成为汉朝的皇帝。

诗词博物志

公元前209年，有两个叫陈胜、吴广的年轻人决心干一番大事业：推翻秦朝。刘邦听闻后，十分敬佩他们的勇气，便效仿他们在沛县拉起了一支军队。

王侯将相，宁有种乎！

推翻秦朝！

大王，我的加入能让军队如虎添翼！

当时，最受人瞩目的豪杰莫属以前楚国的名将之后——项羽，他决心拥立楚怀王之孙熊心做皇帝。于是，刘邦也加入拥立熊心的队伍之中。

16

为了鼓舞士气和灭秦，熊心与诸将约定，先入关中者就可被封为关中王。刘邦和项羽是诸将中竞争最为激烈的两位。

那是因为我中途到巨鹿救了赵王！

我先攻破的关中。

刘邦率先攻破关中，但项羽对此很不服气。经历了数年的"楚汉之争"，刘邦终于战胜了项羽，成为汉朝的开国皇帝。

去哪儿寻找镇守四方的猛士呢？

刘邦当上皇帝后，天下并不太平。一次，刘邦平定叛乱后，率兵回京的途中顺路回到老家，设宴款待以前的亲朋好友。这首《大风歌》就是刘邦乘着酒兴所作。

曹操：字孟德，小字阿瞒，沛国谯县（今安徽亳州）人，中国古代杰出的政治家、军事家。

观沧海

[东汉] 曹操

东临①碣石②，以观沧③海④。

水何澹澹⑤，山岛竦峙⑥。

树木丛生，百草丰茂。

秋风萧瑟⑦，洪波涌起。

日月之行，若出其中；

星汉灿烂，若出其里。

幸甚⑧至⑨哉，歌以咏志。

注释

 译文

①临：登上，到达。

②碣（jié）石：一座山的名字。此山在今河北省昌黎县境内。

③沧：形容水色碧绿。

④海：这里指渤海。

⑤澹澹（dàn）：形容波浪翻涌。

⑥竦峙（sǒngzhì）：高高地挺立着。

⑦萧瑟：形容秋风吹动树叶的声响。

⑧甚：非常。

⑨至：极点。

向东进发登上碣石山的山顶，
以便观赏那碧绿浩瀚的大海。
那海水是多么的宽阔浩荡呀，
海岸边的山岛高高地挺立着。
四周生长着郁郁葱葱的草木，
花儿草儿也生长得十分繁茂。
风吹动树叶发出悲凉的声响，
海面上掀起令人惊骇的巨浪。
太阳和月亮的升起降落，
仿佛出自这片浩瀚海洋的怀抱。
天上闪耀的星辰、银河，
好像也是从这片海洋中涌现的。
我真幸运呀，就用这首诗歌来表达
我内心的远大的志向吧。

魏、蜀、吴三分天下

东汉末年，汉室衰微，曹操和刘备、孙权三分天下。

被称为"一代枭雄"的曹操是汉朝的丞相，后来被封为魏王。但是他却未将汉献帝视为皇帝，只当他是自己的傀儡，好用皇帝的名义发号施令。

我的头衔可多啦，政治家、军事家、书法家，还是诗人呢！

当时天下纷争不断，曹操率领军队四方征战。这首《观沧海》就是他率军大败乌桓后，途经碣石山时写下的。

我要兴复汉室！

曹操本就不把汉献帝放在眼中，他死后，他的儿子曹丕甚至逼迫汉献帝禅位，自己当上了皇帝，建立了曹魏政权。这让身为汉朝皇室后人的刘备非常愤怒，他建立了蜀汉，与曹魏对峙。

父亲、哥哥放心吧！

而孙权少年时就能将阳羡县治理得井井有条。长大后，孙权继承父亲孙坚、哥哥孙策的遗志，统领江东地区，建立了吴国。

诗词博物志

乌衣巷①

［唐］刘禹锡

朱雀桥②边野草花，
乌衣巷口夕阳斜。
旧时王谢③堂前燕，
飞入寻常④百姓家。

刘禹锡：字梦得，
河南洛阳人，唐代诗人。

译文

朱雀桥边野草野花繁茂生长，
乌衣巷口上面挂着一抹残阳。
当年王导、谢安檐下的燕子，
飞到平常人家的屋檐下嬉戏。

注释

①乌衣巷：古代地名，是中国历史最悠久、最有名气的街巷，位于今南京秦淮河南岸。
②朱雀桥：古代桥名，位于今南京秦淮河。
③王谢：王指的是王导，谢指的是谢安。王导和谢安是晋朝时的豪门望族。到唐朝的时候，王、谢两族皆已衰败。
④寻常：平凡。

见证百年历史的王侯之家

乌衣巷是中国历史上最有名气的街巷。三国时期，吴国的军队曾在这里安营扎寨，因为士兵们身穿黑色的军服，人们将此地取名乌衣巷。

去赏花！

不过，乌衣巷名声大噪并非因为它曾是吴国的军营，而是因为这里居住过很多豪门望族，其中就有诗中的"王谢"二人。

不能有人比我的权力还大！

"王"指的是王氏一族的王导。在他的辅佐下，琅琊王司马睿建立了东晋王朝。而王氏子弟也因权倾朝野，成为皇上的眼中钉、肉中刺。

消灭东晋，我就是天下的霸主。

"谢"则是谢氏一族的谢安。孝武帝即位后，东晋遇到了前所未有的危机——雄踞北方的前秦君主苻坚率领百万雄兵南征，意图统一天下。

不料，却被谢安率领的八万精兵打败。这就是历史上著名的"以少胜多"战役——淝水之战。而胜仗过后，谢氏一族也因功高震主，遭到了皇上的猜忌。

后来，东晋内患不断，刘裕乘乱起兵，建立了南朝宋，东晋王朝就此灭亡。那条象征着权力富贵的乌衣巷，也不复往日繁荣。

不顾惜百姓的王朝，终会灭亡。

隋宫

[唐] 李商隐

乘兴南游不戒严，
九重①谁省②谏书函③?
春风举国裁宫锦④，
半作障泥⑤半作帆。

注释

①九重：古代帝王居住的皇宫。

②省：反省，明白。

③谏书函：写给皇帝的劝谏文章。

④宫锦：皇家使用的名贵绸缎。

⑤障泥：垫在马鞍下的锦帛。两边的锦帛下垂至马镫，用来遮挡泥土。

译文

隋炀帝乘着兴致南游一路都不戒严，
皇宫之中有谁理会忠良之臣的劝谏?
春游江都动用了全国百姓裁剪绸缎，
一半用作御马的障泥一半用作船帆。

两代帝王的隋朝

呵呵，不让也不行呀。

多谢陛下让位！

　　北周的丞相名叫杨坚，他的权力和威势比静帝还要大。静帝迫于无奈，只好将帝位禅让给他，从此北周改国号为"隋"。

　　杨坚有见识、有谋略，不但重新统一了天下，还让百姓们过上了好日子。

杨坚有个极擅伪装的儿子，他的名字叫杨广。在大家眼中，杨广品学兼优、谦卑有礼，比太子杨勇更适合当皇帝。于是，杨坚就改立杨广为太子。

他就是个演技派！

您忘了那些受苦的百姓吗？

用最好的绸缎做障泥、做船帆，这样才配得上我的身份。

杨广当上皇帝后，立即撕掉伪装的面具，过着无比奢靡的生活。

陛下，不能不顾苍生啊！

他南下游江时，有大臣劝谏他专心国事，不该大肆铺张浪费。结果杨广不但不听，还下令处死了进谏者。这样一个昏庸残暴的君主，如何治理得好国家？隋朝也因此亡国。

拉下去，处死！

春望

［唐］杜甫

国破山河在，城春草木深①。

感时花溅泪②，恨别③鸟惊心。

烽火④连三月，家书抵⑤万金。

白头⑥搔⑦更短，浑⑧欲不胜簪⑨。

注释

①草木深：形容草木茂密、繁盛。

②溅泪：流泪。

③恨别：怅恨离别。

④烽火：这里指安史之乱的战火。

⑤抵：值。

⑥白头：这里指白发。

⑦搔：用手轻轻地抓挠。

⑧浑：简直。

⑨簪：古代男子用来束发的一种头饰。

杜甫：字子美，号少陵野老，出生于河南省巩县（今巩义市），祖籍湖北襄阳，唐代现实主义诗人。

译文

国破家亡只有山河依旧，
春天的长安城荒草丛生。
忧心国事面对繁花流泪，
亲人离散鸟鸣令人心悸。
战火蔓延三月不曾停息，
一封家书值得万两黄金。
愁绪使我搔首，以致白发越来越稀疏，
都要插不上簪子了。

从 "开元盛世" 到 "安史之乱"

对呀。国泰民安，真好！

玄宗皇帝真厉害！

　　唐玄宗曾是一位英明神武的好皇帝，他重用那些贤德、有才的大臣，创造了唐朝的极盛之世，史称"开元盛世"。

好甜呀！

有权有钱，岂不美哉！

　　国富民强后，唐玄宗不再专心治国，他变得贪恋美色，用尽一切办法讨爱妃杨玉环的欢心。杨玉环爱吃荔枝，唐玄宗就会派人从千里之外运送最鲜美的荔枝，还因为爱屋及乌，让她的堂哥杨国忠当了宰相。

诗词博物志

杨国忠身为宰相却不顾国家安危，一味地助长皇宫的奢靡之风。他因讨厌将军安禄山，总在唐玄宗面前说他的坏话。这可不是因为他看穿了安禄山的狼子野心，而是担心他会分走唐玄宗对自己的恩宠。

跳得好！

惩处奸臣
杨国忠！

公元 755 年，安禄山和史思明做足了准备，他们以讨伐杨国忠为借口，起兵造反攻破了皇宫，史称"安史之乱"。

诗词博物志

这场战争害得百姓流离失所，也害得唐玄宗丢失了江山。一年后，杜甫被抓为俘虏，押送到沦陷的长安。他看着繁华的长安城物是而人非，不禁触景伤怀，写下了这首《春望》。

梅花

[宋] 王安石

墙角数枝梅，

凌寒独自开。

遥①知②不是雪，

为③有暗香④来。

王安石：字介甫，号半山。抚州临川（今江西抚州）人，北宋文学家，是"唐宋八大家"之一。

注释

①遥：远远地。

②知：知道。

③为（wèi）：因为。

④暗香：梅花散发的清香。

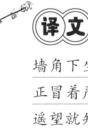

译文

墙角下生长的几枝梅花，

正冒着严寒孤独地开放。

遥望就知道它不是雪花，

因为它散发着阵阵幽香。

压垮北宋朝廷的"三冗"

唐朝灭亡后，天下再度分裂，先后出现了后梁、后唐、后晋、后汉、后周五个王朝，史称"五代"。在这五个朝代的周边，还盘踞着十股较为强劲的力量，我们称这十个国家为"十国"。

五代十国相争多年，直到后周出现了一个名叫赵匡胤的将军。此人能谋善战，再次统一天下，建立了宋朝。我们将这一历史时期叫作北宋时期。

这么多的官员和士兵，能不产生多余的花费吗？

为了稳固皇帝的地位，赵匡胤想出了"一职多官"和"军队轮班"的办法。虽然这让国家很快富强起来，但新的危机也接踵而至。

到了第四位皇帝宋仁宗在位时，朝廷已被"三冗危机"压得喘不过气来。

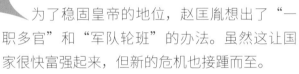

为了解决"三冗危机"，王安石先后向宋仁宗、宋神宗提议变法。

虽然宋神宗支持了王安石的提议，但变法的结果却以失败告终。屡受打击的王安石也辞去了官职，隐居钟山。

王安石变法

题临安邸^①

［宋］林升

山外青山楼外楼，
西湖歌舞几时休？
暖风熏^②得游人醉，
直^③把杭州作汴州^④。

林升：字云友，号平山居士，南宋诗人。

临安：南宋的统治者逃到南方后，在临安建立了国都，即今浙江杭州。

注释

①邸（dǐ）：旅店。

②熏（xūn）：吹。

③直：简直。

④汴州：北宋的都城汴京，今属河南开封。

译文

青山连绵不绝楼阁接连不断，
西湖上的歌舞何时才能停止？
暖洋洋的风吹得人醉醺醺的，
简直将杭州当成了东京汴州。

乐不思"汴"的南宋统治者

靖康年间，金国打败辽国后，就将目标锁定到了北宋的身上。他们不但攻破了京都汴梁（今河南开封），还抓走了宋徽宗和宋钦宗两个皇帝。当时，身为皇室子弟的赵构幸免于难，逃到了山光水色的江南，在临安（今浙江杭州）登基为帝，史称南宋。

赵构坐上皇帝的宝座后，在新皇都临安大肆修建宫殿、庙宇，过着如神仙一般的逍遥日子，将父亲兄长被抓走的事忘得一干二净。不仅如此，当将军岳飞说起"直捣黄龙"大败金兵的愿景时，赵构不但不予支持，反而处处打压，最后还用"莫须有"的罪名杀了他。

诗人林升对赵构的所作所为愤慨至极，于是在临安一家旅馆的墙壁上，写下这首《题临安邸》，讽刺赵构不思进取，乐不思"汴"。

诗词博物志

上京即事①五首 (其三)

[元] 萨都剌

萨都剌：字天赐，号直斋，元代诗人，有着"雁门才子"的美名。

牛羊散漫落日下，

野草生香乳酪甜。

卷地朔风②沙似雪，

家家行帐下毡帘。

注释

①上京即事：描写的是诗人前往上京途中所见的事物。上京，元代皇帝夏季祭祀天的地方，位于今内蒙古自治区境内。

②朔风：北风。

译文

成群的牛羊在落日下慢慢地走着，空气中弥漫着野草和乳酪的香味。忽然狂风大作沙尘像雪一般袭来，家家户户都把帐篷的毡帘放下来。

从草原到中原

生活在大草原上的游牧民族，士兵个个骁勇善战，在可汗忽必烈的带领下，他们打败了南宋王朝，从草原迁移到中原，建立了新的王朝——元朝。

天下归我啦！

我也要兑换成纸币！

钱包轻多啦。

忽必烈当上皇帝后，鼓励百姓们经商和农耕，他还发明了"钞"——一种用纸张制作的钱币。在他的统治下，国家变得日益富强。

他还有一个名叫马可·波罗的外国朋友。马可·波罗 17 岁的时候，跟随父亲、叔叔到元朝做生意，他将在元朝遇到的奇闻趣事都写进了《马可·波罗游记》。

诗词博物志

后来，朝中继任的"理财大臣"觉得纸钞印制得太慢了，就没有计划地印制钞票，害得钞票贬值、物价飞涨，元朝的经济发展也开始变糟。

忽必烈去世后，皇室宗族只顾着争夺王位，丝毫不顾天下苍生，再加上统治者总是变本加厉地压迫汉人，百姓们再也不愿忍受这样的生活，就联合起来发动起义，最终在朱元璋的带领下推翻了元朝。

于谦：字廷益，号节庵，浙江杭州府（今杭州市）人，明代大臣、政治家、军事家。

石灰吟

［明］于谦

千锤万凿出深山，

烈火焚烧若等闲①。

粉骨碎身浑②不怕，

要留清白③在人间。

①等闲：平常。

②浑：全，都。

③清白：高尚的节操。

译文

经过千锤百炼才开采出了石灰，被烈火焚烧也是一件平常的事。即使粉身碎骨也不会感到可怕，只求将高尚的节操留在人世间。

明王朝的皇室倾轧

偶像的诗集，听多少遍也不会腻！

于谦自幼聪颖好学，他的偶像是写下"人生自古谁无死，留取丹青照汗青"的文天祥。或许正因如此，于谦才会写下一首《石灰吟》。

明朝的第三位皇帝朱棣去世后，太子朱高炽继位。朱高炽的身体不太好，只当了十个月的皇帝就缠绵病榻。临终前，他册立儿子朱瞻基为太子，继承自己的皇位。

当皇帝的代价太大了。

嘿嘿，皇位是我的了！

朱瞻基听闻父亲病重，急匆匆地从南京赶回京城。岂料，途中竟然遭到了叔父朱高煦的伏击。原来，自朱棣去世后，朱高煦一直在寻机作乱，想自己当皇帝。

不过，朱高煦的阴谋并没有得逞，这场战争很快就被平息了。朱高煦投降后，朱瞻基命于谦历数他的罪行。于谦的话，义正词严、铿锵有力，骂得朱高煦没脸再面见天子。

于谦一生清廉刚正，为百姓和国家做了许多好事，结果却被人陷害致死。后来，明宪宗觉得于谦死得冤枉，最终为他洗雪了冤屈。

己亥杂诗① (其一百二十五)

[清] 龚自珍

九州②生气③恃④风雷，

万马齐暗⑤究可哀。

我劝天公⑥重抖擞，

不拘一格降人才。

注释

① 己亥（hài）杂诗：是龚自珍在
己亥年（1839 年）写的一组诗，共
315 首。

② 九州：中国的别称。

③ 生气：形容生机勃勃的样子。

④ 恃（shì）：依靠。

⑤ 万马齐暗：数万匹马儿都不发声，
这里指百姓们不敢表达自己的想法。

⑥ 天公：这里指皇帝。

龚自珍：字璱人，浙江仁和
（今杭州）人，清代诗人。

译文

国家若想生机勃勃就要雷厉风行，
百姓不敢说真话的局面实在可悲。
我希望当今的皇帝重新振作精神，
不局限一种方式选拔治国的人才。

举世壮举—— 虎门销烟运动

皇上，为什么您那么喜欢花花绿绿的东西呢？

繁华盛世创造的东西，当然也要繁华啦！

清朝在康熙、雍正和乾隆祖孙三代的治理下达到了鼎盛时期，人们将这段时间叫作"康雍乾盛世"。

诗词博物志

街上新开了一家外国服装店！

我们做的衣服也很漂亮呀！

在盛世之后，清政府遇到了前所未有的危机。当时，清朝实行"闭关锁国"政策，不让外国商人到内陆做生意。而且中国地广物博，百姓们也不太需要购买外国人的货物。

嘿嘿！

那些外国商人眼见无利可图，就想出了一个阴险的办法：贩卖鸦片。鸦片俗称大烟，是一种非常可怕的毒品。人一旦吸食鸦片就会上瘾，再也戒不掉了。

自从鸦片流入中国后，曾经勤勤恳恳的百姓，很多都变成了浑浑噩噩的瘾君子。

大臣林则徐看破外国商人的诡计后，为了拯救百姓和国家，便在虎门将缴获的鸦片用石灰、盐水销毁。

己亥杂诗（其八十七）
故人横海拜将军，
侧立南天未蔵勋。
我有阴符三百字，
蜡丸难寄惜雄文。

与林则徐一般重视禁烟的人，还有好朋友龚自珍，他用诗歌表达自己对禁烟斗争的支持，对国家命运的关注。

45

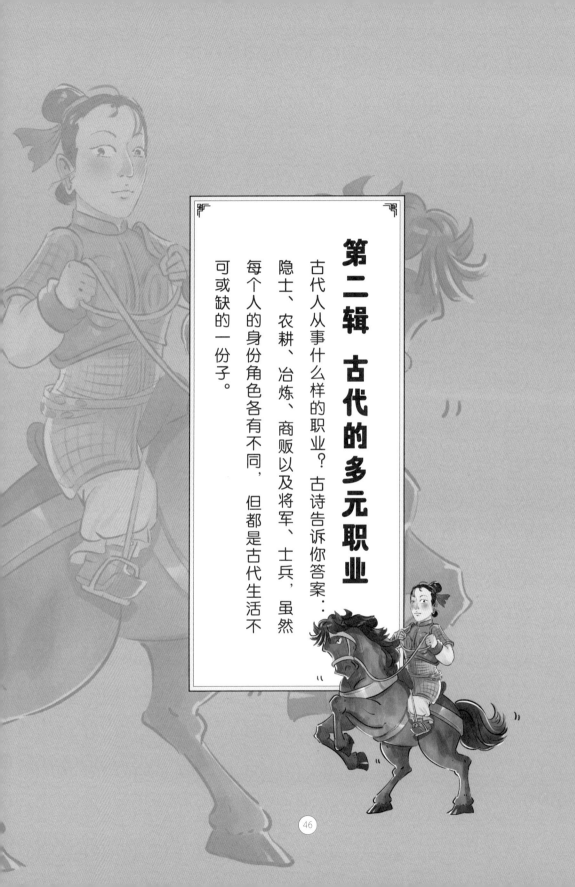

第二辑 古代的多元职业

古代人从事什么样的职业？古诗告诉你答案……隐士、农耕、冶炼、商贩以及将军、士兵，虽然每个人的身份角色各有不同，但都是古代生活不可或缺的一份子。

胡令能：河南郑州中牟县人，唐代诗人。

小儿垂钓

［唐］胡令能

蓬头①稚子②学垂纶③，
侧坐莓④苔草映⑤身。
路人借问⑥遥招手，
怕得鱼惊不应⑦人。

注释

①蓬头：形容孩子的头发蓬松、可爱。

②稚子：处于幼年时期的孩子。

③垂纶（lún）：钓鱼。纶，鱼竿上的鱼线。

④莓（méi）：一种野草。

⑤映：遮盖掩映。

⑥借问：向别人打听、询问。

⑦应（yìng）：回复，回答。

译文

头发蓬乱的幼童正忙着学习钓鱼，
侧身坐在青苔上绿草遮掩着身体。
过往的行人在远处向他招手问路，
他怕惊跑鱼儿所以不敢回应路人。

诗中隐士

金钱换不来尊重。

古时候，普通百姓的职业被分为四种，并且有着等级高低之分：士、农、工、商，分别代表读书人、农民、工匠和商人。

考不上功名，也别想不开啊！

你没听说过"头悬梁，锥刺股"吗？

其中，读书人的身份地位最为崇高，只有读书才能有机会做官。

不过，有一些读书人虽然学富五车，但他们的志向却不是当官。人们将这样的人才叫作隐士。在河南圃田就生活着一位隐居避世的诗人，他的名字叫作胡令能。

当官有什么好？我更喜欢田园生活。

我也觉得是一首好诗！

胡令能流传于世的诗歌很少，但每一首都十分精妙，这首《小儿垂钓》将古代孩子钓鱼的场景描写得惟妙惟肖，仿若神来之笔。

小娃撑小艇，偷采白莲回。
不解藏踪迹，浮萍一道开。

在描写儿童生活上，白居易写的《池上（其二）》也细致入微，生动地记录了孩子采莲的样子。

七步诗

[三国时期·魏]曹植

曹植：字子建，沛国谯县（今安徽亳州）人，三国时期文学家，他与父亲曹操、兄弟曹丕并称"三曹"。

煮豆持①作羹，漉菽②以为汁。

萁③在釜④下燃，豆在釜中泣。

本自同根生，相煎⑤何太急？

注释

①持：用来。

②漉菽（lù shū）：过滤。

③萁（qí）：豆子的茎干，晒干后可用来烧火。

④釜（fǔ）：古时候的一种锅。

⑤煎：煎熬，这里指迫害。

译文

煮熟的豆子做成豆羹，

过滤的豆子做成汤汁。

晒干的豆茎用来烧火，

被煮的豆子在锅里哭。

豆子和豆茎本来自同一条根，

为什么还要相互迫害对方呢？

失格的接班人，成材的文学家

一石10斗，一斗12斤，曹植的才华重96斤。

曹操共有25个儿子。在众多孩儿之中，当数曹植最具才华。谢灵运谈起曹植时，这样称赞他："天下才共一石，曹子建独得八斗！"

我让你带兵去救曹仁，你怎么还在这？

曹操十分喜欢这个才华横溢的儿子，曾想将他培养成自己的接班人。只是曹植有个爱喝酒的毛病，还经常因为喝酒耽误大事，曹操就选了曹丕为世子。

我得想个办法惩罚曹植。

公元 220 年，曹操因病去世，世子曹丕继承王位。曹丕初登基时，很害怕弟弟们和他争抢王位。昔日与曹丕争夺世子之位的曹植，更成了他的眼中钉。

好的，陛下！

你在七步之内写一首诗吧。

于是，曹丕故意刁难曹植，让他在七步之内以"兄弟"为题作一首诗，而且诗中不能出现"兄弟"二字。如果作不出来，就要治他的罪。

诗词博物志

本是同根生，相煎何太急？

弟弟！

曹植别无选择，走了七步后，吟出这首《七步诗》。曹丕听罢，不禁潸然泪下，放走了曹植。

52

秋浦歌① (其十四)

[唐] 李白

李白：字太白，号青莲居士，陇西成纪（今甘肃天水）人，唐代浪漫主义诗人。

炉火照天地，
红星乱紫烟。
赧②郎明月夜，
歌曲动寒川。

 注释

①秋浦歌：李白在秋浦写的一组诗，共 17 首。秋浦，唐代时属池州郡，位于今安徽省内。
②赧（nǎn）：害羞脸红。这里指炉火映红了人们的脸。

 译文

炉中的火光照亮天地，火星四溅，烟雾升腾。月下炉火映红了人脸，歌声激荡着寒冷河水。

53

不一样的工人

作蜜不忙采蜜忙，蜜成犹带百花香。

——[宋]杨万里《蜂儿》

辛苦你啦，小蜜蜂。

诗歌里工人的职业种类有很多。清香甘甜的糖，就是制糖人用甘蔗、蜂蜜制作的。

酸酸甜甜的！

玉盘杨梅为君设，

吴盐如花皎白雪。

——[唐]李白《梁园吟》

我们吃的食盐，也是由制盐人从海水中取出。江淮一带晒制的吴盐洁白胜雪，当地的百姓很喜欢把盐撒在梅子、橙子上，制成甘甜生津的果子。

我也想赏花……

心灵手巧的纺织女缝制出漂亮衣裳。看着她们忙碌的身影，诗人来鹄感叹道："若教解爱繁华事，冻杀黄金屋里人。"

我挖到金子啦！

采矿人的工作非常辛苦和危险，他们要把矿山挖得很深很深，才能找到贵重的金属。

嘿，哈！

采得的金属被冶炼人铸造成各种各样的器具，演奏音乐的钟、盛装东西的锅、战场搏杀的武器、用来交易的钱币，等等。

悯农 (其二)

［唐］李绅

锄禾^①日当午，

汗滴禾下土。

谁知盘中餐^②，

粒粒皆^③辛苦。

李绅：字公垂，安徽亳州人，
唐代诗人。

注释

①锄禾：用锄头给禾苗松土、除草。

②餐：饭食。

③皆：全，都。

译文

在中午烈日的暴晒下锄禾，
汗水滴进禾苗下边的泥土。
有谁知道盘子里面的美食，
每一粒都来自农民的辛苦。

辛劳的农民

据说，有一年，李绅回到故乡亳（bó）州探亲访友，恰遇到老朋友李逢吉。他们登上观稼台欣赏景色时，被田地里劳作的农民吸引了目光。看着辛苦耕种的农民，李绅十分感慨，写出诗作《悯农二首》。

悯农（其一）

春种一粒粟，秋收万颗子。

四海无闲田，农夫犹饿死。

为什么李绅这么在乎农民的生活呢？从古至今，农业在我国的经济发展中，有着重要的地位，农民也因此备受关注。

虽然农民的地位不低，但他们的日子却过得很辛苦。每当遇到灾害，庄稼就会颗粒无收，人们连饭都吃不饱。

尽管如此，农民们依然保持着乐观的心态。在农闲的时候，他们也会做游戏、唱民歌。《击壤歌》中就记录了农民们嬉戏、游戏的情景："凿井而饮，耕田而食。帝力于我何有哉！"

卖花翁①

[唐] 吴融

吴融：字子华，越州山阴（今浙江柯桥）人，唐代诗人。

和烟和露②一丛花，

担入宫城许史家③。

惆怅东风无处说，

不教闲地著④春华。

注释

①卖花翁：靠卖花朵为生的年老男子。

②和烟和露：沾着露珠和水汽，形容花朵新鲜。

③许史家：汉宣帝时外戚许伯和史高的合称，这里指豪门望族。

④著：披上，盖上。

译文

卖花翁采摘下沾着露水的鲜花，把花儿卖给住在宫城内的贵人。春风没有地方诉说自己的愁绪，只知贵人将百花锁在院墙之中。

古代的小商人

驾！

古代的商人可以分为两种，一种是"行商"，为了做好生意，他们不得不离开家，四处奔波。

我们一起把货物捞上来吧。

自叹生涯看转烛，更悲商旅哭沉财。

——《遭风二十韵》

外出经商有很大风险，最常发生的，就是遇到盗贼和天灾。有一次，诗人元稹在洞庭湖遭遇大风，目睹行商的货物被风卷入水中。

丈夫何时才能归家呢？

江南曲

[唐] 李益

嫁得瞿塘贾，朝朝误妾期。

早知潮有信，嫁与弄潮儿。

因为丈夫常年在外，行商妻子的生活过得十分孤苦，从而也诞生了许多描写商妇情感的诗歌。

诗词博物志

你的手真巧！

河边酒家堪寄宿，主人小女能缝衣。

——[唐]岑参
《临河客舍呈狄明府兄留题县南楼》

在固定的地方做生意的人被称为"坐贾"，与行商相比，他们的生活减少了许多风险，能为客人提供非常周到的服务。

榆荚长得像铜钱，但它可不比银钱实用。

我用榆荚买您的酒吧！

道旁榆荚仍似钱，摘来沽酒君肯否。
——[唐]岑参《戏问花门酒家翁》

有时，他们会遇到很幽默的客人。

这些布就充当炭钱吧！

一车炭，千余斤，宫使驱将惜不得。

半匹红绡一丈绫，系向牛头充炭直。

——[唐]白居易《卖炭翁》

但更多的时候，他们都在为生计而发愁。

诗词博物志

秋夜将晓^①出篱门迎凉有感 (其二)

［宋］陆游

陆游：字务观，号放翁，越州山阴（今浙江绍兴）人，南宋爱国诗人。

三万里河^②东入海，

五千仞岳^③上摩天^④。

遗民^⑤泪尽胡尘^⑥里，

南望王师^⑦又一年。

①将晓：即将天亮。

②三万里河：指黄河。三万里，形容黄河很长。

③五千仞岳：指华山。五千仞，形容华山很高。

④摩天：触碰到天。

⑤遗民：生活在金人统治地区的宋朝百姓。

⑥胡尘：金人统治地区刮的风沙，这里指暴政。

⑦王师：南宋朝廷的军队。

三万里长的黄河奔腾着向东流入大海，五千仞高的华山耸入云霄触碰到青天。宋朝的百姓在金人的压迫下流尽眼泪，他们盼着王师北伐，盼了一年又一年。

既是武将又是诗人

国家有难，
寝食难安啊。

陆游生活在一个动荡不安的时代，自幼饱尝颠沛流离之苦，所以他一生最大的愿望，就是看到祖国山河统一。

金人又没攻打临安，
天下太平着呢！

为了救国于危难，陆游不仅奋发读书，还练了一身好武艺。

当年万里觅封侯，匹马戍梁州。

关河梦断何处？尘暗旧貂裘。

——[宋]陆游《诉衷情》

曾单枪匹马地奔赴边塞，戍守梁州。

金人那么厉害，
我们打不过的。

可是，南宋的统治者偏安一隅，既没有收服失地的决心，也没有抗击敌军的勇气。

祖国统一的时候，别忘了告诉我。

陆游一直盼望着祖国统一。遗憾的是，他盼望了一年又一年，直到去世也没有盼到王师北伐。

马诗 ① (其五)

[唐] 李贺

李贺：字长吉，河南福昌（今河南宜阳）人，唐代诗人，他和李白、李商隐被称为"唐代三李"。

大漠沙如雪，

燕山②月似钩③。

何当④金络脑⑤，

快走踏清秋。

注释

①马诗：诗人以"马"为题，写下的一组诗歌，一共 23 首。

②燕山：燕然山，坐落在今天的蒙古国境内。

③钩：古代的一种兵器。

④何当：何时将要。

⑤金络脑：用黄金装饰的马笼头。

译文

黄沙在月光的映照下犹如白雪，燕然山上空的月亮弯得像钩子。骏马何时才能套上黄金的笼头，飞快地奔驰冲向深秋时的战场。

诗中"鬼才"

七岁就名扬百里的诗人，不只有骆宾王，还有"落魄贵公子"李贺。

李贺被人称为"诗鬼"，他的诗飘逸、浪漫，当时没有人能模仿得了。他写的乐府诗歌深受宫廷乐工的喜欢，许多诗歌都被谱成了乐曲。只是这位大才子一生不得重用，他在无法实现抱负的愁绪中，写下了这组《马诗》。

后来，李贺因病英年早逝。有人想把李贺写的诗歌整理成书，却不想他的诗歌已经被其表兄焚毁了大半。最终，在其他诗人的努力下，李贺的诗歌被整理成五卷，为我们留下了"雄鸡一声天下白"等千古流芳的佳句。

诗词博物志

从军行^①（其四）

[唐]王昌龄

青海^②长云暗雪山^③，

孤城^④遥望玉门关^⑤。

黄沙百战穿^⑥金甲^⑦，

不破楼兰^⑧终不还。

注释

①从军行：乐府旧题，主要用于描写战争。

②青海：青海湖。

③雪山：指甘肃省的祁连山。

④孤城：这里指青海地区的锁阳城。

⑤玉门关：西域进贡的玉石从此取道，汉武帝由此命名。故址在今甘肃敦煌西北小方盘城。

⑥穿：磨破，磨损。

⑦金甲：士兵的铠甲是用金属做的。

⑧楼兰：汉代西域国名，代指边境外敌。

王昌龄：字少伯，京兆长安（今陕西西安）人，唐代著名边塞诗人。

译文

青海湖上空长云弥漫让雪山黯淡，
大家在孤城中望着远处的玉门关。
长年征战让战士们的盔甲被磨穿，
发誓不打败西部的敌人绝不回还。

七绝圣手王昌龄

这么好的七绝诗，是谁写的？

除了我，还能是谁呢？

王昌龄是七绝诗写得最好的诗人，大家都称呼他"七绝圣手"。不过，王昌龄的梦想并不是成为诗人，而是国家的栋梁。

斗志满满呀！

为了实现梦想，20多岁的王昌龄前往边塞，开始了艰苦的军旅生活，写下许多豪情万丈的诗歌。

从军行（其一）

烽火城西百尺楼，黄昏独坐海风秋。
更吹羌笛关山月，无那金闺万里愁。

秋风送来的羌笛曲，令将士们更加思念千里之外的亲人。

从军行（其三）

关城榆叶早疏黄，日暮云沙古战场。
表请回军掩尘骨，莫教兵士哭龙荒。

浴血奋战沙场，无情的刀剑夺走了同伴的生命。

从军行（其五）

大漠风尘日色昏，红旗半卷出辕门。
前军夜战洮河北，已报生擒吐谷浑。

大快人心！擒住了敌军首领！

爱国之情令将士们士气大增，快马传来急报，已经俘虏了敌军的首领。

从军行（其六）

胡瓶落膊紫薄汗，碎叶城西秋月团。
明敕星驰封宝剑，辞君一夜取楼兰。

胜利啦！

楼兰城

夜半时分，皇上赐予将军尚方宝剑，将士们连夜出征，很快就大获全胜。

木兰诗（节选）

[南北朝] 北朝民歌

唧唧①复唧唧，木兰当户织②。

不闻机杼声③，唯④闻女叹息。

问女何所思⑤，问女何所忆⑥。

女亦无所思，女亦无所忆。

昨夜见军帖⑦，可汗⑧大点兵⑨，

军书十二卷，卷卷有爷⑩名。

阿爷无大儿，木兰无长兄，

愿为市⑪鞍马⑫，从此替爷征。

北朝民歌：南北朝时期北方人民创作的民歌，收录在《乐府诗集》中。

注释

①唧唧（jī）：叹息声。

②当户织：对着门织布。

③机杼（zhù）声：织布机发出的声音。杼，织布用的梭子。

④唯：只。

⑤何所思：想的是什么。

⑥忆：思念。

⑦军帖（tiě）：募兵的文书。

⑧可汗（kèhán）：古时候，北方的少数民族称君主为"可汗"。

⑨点兵：征兵。

⑩爷：父亲。南北朝时，北方人称呼父亲为"阿爷"。

⑪市：购买。

⑫鞍（ān）马：马和骑马的用具。

译文

叹息声一声接着一声，是木兰对着门在织布。

忽然，听不见织布机的声音，只听见木兰叹气。

问木兰心里想的是什么，问木兰心中在思念谁。

木兰说心里没想什么，木兰说心里没在思念谁。

昨晚看见募兵的文书，知道可汗在大规模征兵，

募兵的文书有很多卷，卷卷都写着父亲的名字。

父亲没有大儿子，木兰也没有比自己大的哥哥，

愿为此去买马和马具，即刻代替父亲从军出征。

巾帼女将

我是盛酒器，也是国宝！

在商朝，猫头鹰象征着神圣、强大的力量。

驰骋沙场的不仅有男儿，还有不让须眉的女将。

商王武丁的王妃妇好，是中国历史上第一位载入史册的女将军。她征战多年，打了许多胜仗。

唐高祖的女儿平阳昭公主，也是一位响当当的女英雄。在兵荒马乱的时代，她女扮男装，救济灾民，深得百姓们的信赖。

粥

后来，唐高祖率兵起义，平阳昭公主随父出征，接连攻破数座城池，守卫着李家军队的大本营——山西。当地的百姓十分敬仰她，都称呼她为"李娘子"。

谁说女子不如男？

南北朝有一个叫木兰的女孩，她心疼年迈的父亲和年幼的弟弟，便代替父亲从军出征，为国家立下汗马功劳。

梁红玉出身于武将之家，自幼便跟随父兄学武。"靖康之变"后，南宋皇帝赵构想逃去杭州，奈何金兵穷追不舍，梁红玉的丈夫韩世忠将军只好率领将士迎战。

诗词博物志

冲啊！

两军对战当日，梁红玉冒着箭雨擂鼓，助长了将士们的士气，击退了金兵。

第三辑 古代『朋友圈』

假如诗人也有朋友圈：女帝武则天会为骆宾王点100个赞，李白设置的『特别关心』名单中有孟浩然，杜甫经常向『品牌商』拉投资，『王安石洗澡』能像新闻一样轰动文坛。

贾生①

[唐] 李商隐

李商隐：字义山，号玉谿生。淮州河内（今河南沁阳）人，唐朝诗人，和杜牧合称"小李杜"。

宣室②求贤访逐臣③，
贾生才调④更无伦。
可怜⑤夜半虚前席，
不问苍生问鬼神。

注释

①贾生：西汉大臣贾谊。

②宣室：汉朝国都未央宫前殿的宫室。

③逐臣：被贬谪的大臣，这里指贾谊。

④才调：才华、气度。

⑤可怜：可惜。

译文

汉文帝为寻求贤人在宣室召见被贬的大臣，贾谊的才能和气度在当时没有人能比得上。可惜夜半时分汉文帝拉近坐席向贾谊靠近，只为听他对鬼神的讲解却不问他治国之道。

汉文帝和贾谊

治之景文

自刘邦建立汉朝，汉朝共历 29 位帝王，被分为西汉、东汉两个历史时期。西汉时期，有两位皇帝将国家治理得井井有条，深受百姓的爱戴，那就是汉文帝和汉景帝。人们称他们治理国家的时期为"文景之治"。

贾谊有治国之才。

诗中的"贾生"名叫贾谊，他就是汉文帝任用的大臣。汉文帝十分欣赏他，不但破格升了他的官职，还采纳了他的治国建议。

诗词博物志

咱们要想个办法，让贾谊贬官！

一些大臣嫉妒贾谊有才，就联起手来向汉文帝告状，诽谤贾谊徒有虚名，说他只想独揽大权。汉文帝信以为真，就贬了他的官职。

我想谈天下大事，不想讲故事！

后来，汉文帝遇到了难题，就将贾谊召回京中，询问他对鬼神的看法。贾谊的讲解很精彩，汉文帝听得入神，不由自主地将坐席往贾谊身边挪，想要听得更清楚些。

汉文帝怎么能这样对贾谊！

李商隐写的这首诗，讲的就是汉文帝和贾谊的故事。

咏鹅①

［唐］骆宾王

骆宾王：婺州义乌（今属浙江）人，唐代诗人，是"初唐四杰"之一。

鹅，鹅，鹅，
曲项②向天歌③。
白毛浮绿水，
红掌拨④清波。

注释

①咏鹅：赞美鹅。

②曲项（xiàng）：弯曲着脖子。

③向天歌：对着天长鸣。

④拨（bō）：划动。

译文

鹅，鹅，鹅，
伸着弯弯的脖子对着天空歌唱。
洁白的羽毛浮在碧绿的水面上，
红色的脚掌划动着清澈的水波。

引起女皇帝注意的"神童"

没人相信我，也没人明白我的爱国心。

骆宾王自幼聪敏好学，七岁就写出了脍炙人口的《咏鹅》，被人们称为"神童"。长大以后，骆宾王的才能更显突出，和王勃、杨炯、卢照邻并称"初唐四杰"。

虽然名头响亮，可他的求仕之路并不顺利，好不容易当上了官，却被人冤枉贪污关进了大牢。他伤心地说："无人信高洁，谁为表予心？"

这是我写的《讨武檄文》。

骆宾王的新作，快来看呀！

我有一种不好的预感。

当时管理国家的是历史上唯一的女皇帝——武则天。可骆宾王并不支持女皇帝，他出狱后就投靠了"反武派"徐敬业，还写了一篇号召大家讨伐武则天的文章。

人才怎么跑去他那儿了！

臣知错了。

这篇文章写得极好，就连武则天读完都夸赞骆宾王有才华。

诗词博物志

骆宾王写的，你们去抓他啊！

两个月后，徐敬业的"反武计划"失败了。战乱中，骆宾王也不知所踪。

鹫岭郁岧峣，龙宫锁寂寥。后面写啥呢？

楼观沧海日，门对浙江潮。

后来，宋之问夜游灵隐寺，偶然遇到了一位才学出众的老僧。据说，那个僧人就是骆宾王！

回乡偶书①（其一）

［唐］贺知章

贺知章：字季真，号四明狂客，越州永兴（今浙江杭州）人，唐代诗人。

少小离家老大回，

乡音无改鬓毛②衰。

儿童相见不相识，

笑问客③从何处来。

注释

①偶书：随意写下的诗。

②鬓（bìn）毛：面颊两侧靠近耳朵的头发。

③客：指诗人自己。

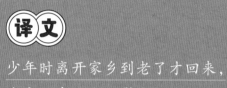

译文

少年时离开家乡到老了才回来，
乡音没有改变但鬓发已经斑白。
孩子们看见我没有一个能认识，
笑着问我：客人，您从哪里来？

"成就达人"贺知章

我不就比你大了四十多岁，哪里老了？

盛唐诗坛有一位非常有趣的老前辈，他叫贺知章。

贺知章获得了许多"达人称号"，第一是"学霸"。30多岁时，贺知章就高中进士，深得朝廷重用。

第二是"诗狂"。他写的诗狂放、洒脱，自取"四明狂客"的称号。李白也很认同，形容他"四明有狂客，风流贺季真"。

第三是"酒仙"。杜甫在《饮中八仙歌》写道:"知章骑马似乘船,眼花落井水底眠。"说他喝醉后骑着马摇摇晃晃,就像在坐船。因为眼花,他掉进了井里,还在井底睡起了大觉。

诗词博物志

送我当传家宝吧!

写得好!

第四是"书法家"。贺知章喝醉后,喜欢练习书法。大家都说他写的草隶是传世的宝贝。

我不会走错了吧。

86岁时,贺知章辞去官职,回到了阔别50多年的家乡。面对既熟悉又陌生的环境,贺知章心中感慨万千,写下了这首《回乡偶书》。

春晓

[唐] 孟浩然

孟浩然：襄州襄阳（今属湖北）人，唐代诗人。

春眠不觉晓^①，
处处闻^②啼鸟。
夜来风雨声，
花落知多少^③。

注释

①不觉晓：不知不觉天就亮了。

②闻：听见。

啼鸟：鸟儿的鸣叫声。

③知多少：不知道有多少。知，表示推测。

春日里贪睡不知不觉天亮了，
处处都能听见鸟儿的鸣叫声。
想起昨天晚上的阵阵风雨声，
不知盛开的花儿吹落了多少。

"山人"孟浩然

孟山人压力很大。

孟浩然有着一肚子的学问，却连半个官职都没得到，所以大家又称他为"孟山人"。

年轻的时候，孟浩然隐居在鹿门山，写下了不少清新、自然的诗，比如《春晓》。

真美呀。

他还喜欢旅游，用诗歌记录美丽的景色。他说洞庭湖"八月湖水平，涵虚混太清"，说庐山"黯黕凝黛色，峥嵘当曙空"。

应该发现不了吧？

40多岁时，孟浩然到长安考进士落榜，便留在长安准备下次考试，其间和王维成为好朋友。有一次，在翰林院值班的王维，偷偷邀请孟浩然来讨论诗歌。恰巧皇上来了，吓得孟浩然躲到了床底下。

最近写了什么诗？

王维不敢隐瞒皇上，将孟浩然在这里的事情如实禀告。皇上不但没有生气，还考察起孟浩然的才华。

没有才能致使皇上不重用我，身染重病让朋友和我疏远了。

做官没戏了。

这本是一个千载难逢的好机会，可孟浩然却犯起了迷糊，吟诗时说："不才明主弃，多病故人疏。"

皇帝听了觉得很委屈，明明是他这么多年不积极追逐功名，怎么还冤枉自己不重用他呢？于是让他回去了。后来，孟浩然也不再思考做官的事了，继续和青山绿水做伴。

诗词博物志

静夜思①

[唐] 李白

床前明月光，
疑②是地上霜。
举头③望明月，
低头思故乡。

 注释

①静夜思：在安静的夜晚所想到的。
②疑：好像。
③举头：抬头。

亲人也在看月亮吗?

译文

明亮的月光洒在床前地上，
好像地上凝结了一层银霜。
抬头看天窗外的一轮明月，
低下头思念我远方的家乡。

思乡的"游侠"

十五好剑术，遍干诸侯。
——《与韩荆州书》

李白不仅诗写得好，剑术也非同一般。他在自荐信中说："十五岁爱好剑术，拜访过许多地方长官。"

得到过官方认证哟。

游侠……

李白还酷爱旅行，足迹遍布祖国的大好河山，说他是一位"游侠"，一点儿也没错。

李白远游的第一站是扬州。离家数月，望着天上的月亮，他十分想念家乡。写下了传诵千古的名句："举头望明月，低头思故乡。"

诗词博物志

你又喝多了。

我们一起
游遍天下！

在湖北漫游时，李白和孟浩然成了好朋友。后来，两个人还同游黄鹤楼。《黄鹤楼送孟浩然之广陵》就是李白送别孟浩然时写的诗。

再，咳咳，
咳，再见啦！

后来，李白在河南旅行时，遇到了杜甫和高适。三个人志同道合，还组成了"诗人旅游团"。

绝句 (其三)

[唐] 杜甫

两个黄鹂鸣翠柳，

一行白鹭①上青天。

窗含西岭千秋雪②，

门泊东吴万里船。

译文

两只黄鹂在新绿的柳枝上歌唱，
一队整齐的白鹭在天空中飞翔。
我坐在窗前看见西岭山的积雪，
门前停着自万里外东吴来的船。

"以诗换物"的杜甫

刚到成都时，杜甫过得非常窘迫，只能借宿在古庙里。但住在古庙不是长久之计，杜甫就想在浣花溪畔修建草堂。只是他钱包空空，该怎么办呢？

忧我营茅栋，携钱过野桥。

他乡唯表弟，还往莫辞遥。

——《王十五司马弟出郭相访兼遗营茅屋赀》

杜甫的表弟听说后，大方地承担了修草堂的费用。

1时辰前 来自 杜甫索要好物超话

君家白碗胜霜雪，急送茅斋也可怜。
@韦班 送我几个碗。

🔁　💬　👍 965

奉乞桃栽一百根，春前为送浣花村。
@萧实县令 发货了吗？

🔁　💬　👍 76

石笋街中却归去，果园坊里为求来。
@成都徐知道 我要果树苗。

因为囊中羞涩，杜甫就想出了"以诗换物"的办法，把草堂打理得漂漂亮亮。

后来，杜甫去四川多地游历，再回到草堂时，老鼠和蜘蛛已经霸占了家园。

绝句

迟日江山丽，春风花草香。
泥融飞燕子，沙暖睡鸳鸯。

杜甫费了好大工夫，才将草堂整饬如新。在黄鹂清脆的歌声中，写下了这首诗。

杜甫写过好几首绝句，都是记录明媚的春光。

诗词博物志

寻①隐者②不遇

[唐] 贾岛

松下问童子③，

言④师采药去。

只在此山中，

云深⑤不知处⑥。

①寻：寻访。

②隐者：不愿做官而隐居在山野之间的贤士。

③童子：小孩。这里指"隐者"的弟子。

④言：回答，说。

⑤云深：指山上云雾弥漫的地方。

⑥处：地方。

贾岛：字浪仙，
范阳（今河北涿州）人，
唐代诗人。

译文

在苍松下，询问一位童子，
他说师父已经出门采药了。
只知道师父在这座山里面，
只是云雾缭绕不知在何处。

执着的"诗奴"

下一句该写啥呢？

白天写的诗不好，再想想。

行走　　**吃饭**　　**睡觉**

贾岛非常热爱诗文，就连行走、吃饭、睡觉都不忘写诗。大家都叫他"诗奴"。

用推？

还是用敲？

有一次，他写了一句诗"鸟宿池中树，僧推月下门"。他觉得推字不好，想改成"僧敲"，一时拿不定主意，边吟诗边用手比画着推、敲的动作。

路人觉得他十分滑稽，可他却毫无察觉，还迷迷糊糊地闯进了京兆尹韩愈的车队，被守卫抓到了韩愈面前。

韩愈得知贾岛在思考用"推"还是"敲"后，想了很久，说："'敲'字比较好。"接着，两个人一起谈论诗文，成为好朋友。

孟郊死葬北邙山，从此风云得暂闲。

天恐文章浑断绝，更生贾岛著人间。

——《赠贾岛》

后来，韩愈给贾岛写了一首诗，夸赞他是孟郊转世。

泊船瓜洲①

[宋] 王安石

京口②瓜洲一水间，

钟山③只隔数重山。

春风又绿江南岸，

明月何时照我还④。

注释

①瓜洲：在长江北岸，扬州南面。

②京口：今江苏镇江。

③钟山：今南京市紫金山。

④还：返回。

译文

京口和瓜洲仅隔着一条长江水，
钟山离这里也不过相距几座山。
春风又一次吹绿了江南的田野，
明月何时才能照着我返回家园。

"拆洗"王安石

爱国家也爱诗文！

王安石是北宋的传奇人物，不仅写得一手好文章，是"唐宋八大家"的重要成员，还对治理国家有独到的见解，深受皇上的器重。

由于他一心扑在工作上，很少花时间打扮自己，常常把自己弄得脏兮兮的。朋友们为他操碎了心，约定每隔一段时间就带他去洗澡，还各自从家拿来换洗的衣服。

拆洗王介甫

皇上怎么了？

如果朋友不在身边，那王安石可要出糗了。有一次上朝，王安石身上竟然爬出来一只虱子，还钻进了他的胡子里。皇上看见都忍不住笑了起来。

101

为了除掉这些"小家伙"，王安石还特意花了些工夫，和朋友王乐道一起烘虱子。

到底用哪个字啊！

王安石在生活上不修边幅，对诗文却"斤斤计较"。他写这首诗时，起初写作"春风又到江南岸"，觉得"到"字不好，又改成"过"，仍不满意。反复改了十多次，最后才定下"绿"字。

谢谢夸奖。

据说，王安石的《桂枝香》写得最好，连苏轼读后都大为赞叹，说他比狐狸还要聪明呢！

夏日绝句

［宋］李清照[①]

生当作人杰[②]，死亦为鬼雄[③]。

至今思[④]项羽，不肯过江东。

①李清照：号易安居士，济州章丘（今属山东省济南市章丘区）人，宋代女词人。

②人杰：人中豪杰。

③鬼雄：鬼中英雄。

④思：怀念。

译文

活着应当做人中的豪杰，死后也要做鬼中的英雄。至今人们仍然怀念项羽，宁可死也不愿逃回江东。

千古才女"李三瘦"

不顾百姓生死，你算什么知府！

被人称赞为"千古第一才女"的李清照生活在烽烟不断的时代。靖康之变后，城中发生战乱，她的丈夫赵明诚作为知府，不但没有平息战乱，反而仓皇而逃。这让李清照很失望，于是写下《夏日绝句》，感慨世间没有像项羽一样的英雄。

不能，但用夸张的写作手法能！

写诗能变瘦吗？

李清照写得最好的不是诗，而是词。她写过著名的三首"瘦"词，所以人们也叫她"李三瘦"。

花枯叶茂，可不是绿肥红瘦吗？

知否？知否？应是绿肥红瘦。

——《如梦令》

李清照说，春天悄悄地离去，又到了绿荫繁盛、红花凋谢的季节。

新来瘦，非干病酒，不是悲秋。

——《凤凰台上忆吹箫》

最近为什么瘦了？她解释说，不是喝多了酒，也不是为秋天伤感。

诗词博物志

莫道不销魂，帘卷西风，人比黄花瘦。

——《醉花阴》

而是因为思念家人。沉重的思念让她比黄花还瘦。

我和菊花比，谁瘦？

六月二十七日望湖楼^①醉书^②

[宋] 苏轼

黑云翻墨未遮山，

白雨跳珠乱入船。

卷地风来忽吹散，

望湖楼下水如天。

①望湖楼：在今浙江杭州西湖边。

②醉书：喝醉酒时写下的作品。

苏轼：字子瞻，号东坡居士，眉州眉山（今属四川）人，北宋文学家、书画家、美食家，是"唐宋八大家"之一。

译文

乌云翻滚像打翻的墨汁还没遮住青山，
白花花的雨点似洒了的珍珠蹦跳上船。
忽然卷地而来的狂风吹散了漫天乌云，
风雨过后望湖楼下的西湖像天一样蓝。

"多重身份"的苏轼

苏轼有很多身份。他最为人熟知的身份是大文豪，他写的诗、词、散文无不精彩，是"唐宋八大家"之一。此外，他还精通书画。书法家黄庭坚夸赞他是宋朝书法第一人。

在百姓眼中，苏轼是一位发明家、美食家，他设计的东坡帽，防晒、防雨的效果非常显著，还有那美味的东坡肉、东坡鱼，一直流传到今天。

难怪就连和苏轼政见不同的王安石，都夸他是百年难遇的人才呢！

诗词博物志

三衢^①道中

[宋] 曾几^②

梅子黄时日日晴，
小溪泛尽^③却^④山行。
绿阴^⑤不减来时路，
添得黄鹂四五声。

注释

①三衢（qú）：浙江衢州境内的三衢山。

②曾几（zēng jī）：字吉甫，号茶山居士，南宋诗人。

③小溪泛尽：乘小船到小溪的尽头。

④却：再，又。

⑤阴：树荫。

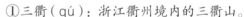

译文

梅子黄透了天天都是好天气，
乘舟到小溪尽头又改走山路。
山路上树荫与来时一样浓密，
林中传来四五声黄鹂的鸣叫。

不出名的诗人

三衢山，出发喽！

真丢人，名气还没学生大。

古代的很多诗人都喜欢旅游，南宋诗人曾几也不例外，还写过许多记录旅行的诗作。

曾几的诗作虽多，但名气却不大。不过，他却有一位很有名气的学生——陆游。

老师，您要冷静。

为啥大家只知道我这一首诗？

据说，曾几写过 600 多首诗，最耳熟能详的就是游览三衢山时写的《三衢道中》。

这叫来雨绸缪。

在抵达浙江的三衢山前，曾几担心地想：现在正是梅雨时节，这次出游会不会遇到下雨呢？

这么好的天气，最适合爬山了。

令曾几惊喜的是，竟然遇到了"日日晴"的好天气。那爽朗的天气，葱翠的树林，还有那活泼可爱的黄鹂鸟，为他带来了无限的欢乐。

109

第四辑 奇妙的古代生活

古代人的生活有多少雅趣奇闻？老友最爱的娱乐项目，当然是『手谈』两局；兴致来了，直接在画作上题两句诗；心中苦闷无处诉说？那就弹上两曲；但要小心一双灵敏的耳朵，如果胆敢错一个音，都会被毫不留情地指出！

竹里馆①

[唐] 王维

独坐幽篁②里，

弹琴复长啸③。

深林人不知，

明月来相照。

注释

①竹里馆：指辋川别墅景色之一。

②幽篁（huáng）：幽深又茂密的竹林。

③啸：指（人）撮口发出长而清脆的声音，
有打口哨的意思。

译文

独自坐在幽深寂静的竹林中，
一会儿弹起琴弦一会儿长啸。
有谁会知晓我在这深林之中？
只有一轮明月静静陪伴着我。

古人的"礼""乐"情结

王维是历史上有名的"全能才子"，不仅满腹经纶，还精通书画和音律。

还要勤加练习。

朝廷十分欣赏王维的音乐才华，让他担任太乐丞一职，负责音乐、舞蹈等教习，以供在大型祭祀和宴会上表演之用。

咋这么多礼仪？

用具礼仪　规格礼仪

祭祀礼仪

为什么古人这么重视乐舞呢？这还要从我国古老的礼乐制度说起。西周的时候，为了帮助天子更好地管理国家，宰相周公制定了周礼。

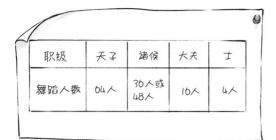

职级	天子	诸侯	大夫	士
舞蹈人数	64人	30人或48人	16人	4人

"礼"指的是礼仪规范，天子用"礼"区分诸侯、贵族和平民之间的等级地位；"乐"指的是音乐和舞蹈，不同地位的人在欣赏乐舞时，乐舞队的人数也不一样。

随着朝代的更迭，出现了不同的礼乐机构。比如西汉的"乐府"，唐朝的"大乐署"等。这里出现过很多有才华的人。不过，王维并没有在这里工作太久。他负责指导的舞蹈演员因私自表演黄狮子舞触怒了龙颜，连累王维获罪贬官。

你纵容下属，贬官！

当官不如寄情山水。

王维晚年在蓝田县（今属陕西省西安市）的辋川别墅中过着隐居的生活。辋川的风景十分秀美，他经常沉醉在这里，写下了许多有名的诗歌，《竹里馆》就是其中之一。

诗词博物志

听筝

[唐]李端

李端：字正己，赵州（今河北赵县）人，唐代诗人，为"大历十才子"之一。

鸣筝金粟①柱②，

素手玉房③前。

欲得周郎④顾，

时时误拂弦。

注释

①金粟：桂花，这里形容琴弦精美。

②柱：指琴弦调音用的短轴。

③玉房：指用玉制成的筝枕。

④周郎：三国吴将周瑜。

译文

金粟短轴的古筝响起动听的声音，美人洁白的双手不断拂动着琴弦。为了引起懂音律的周郎回头相看，她时不时故意拂动着错误的琴弦。

古代"流行乐器"

这样筝声才动听。

古筝是我国古代最流行的乐器之一。秦朝的时候，大将军蒙恬十分喜欢音乐，将五弦古筝改制成了十二弦古筝。从此，古筝的声音变得更加丰富起来。

诗词博物志

公主也夸你有才华。

唐朝的时候，有一位精通音律的诗人，他的名字叫李端，被赞为"大历十才子"之一。凭着超人的才华，李端在长安城深受赏识，驸马郭暖经常邀请他到家中做客。

真好听！

驸马郭暖家中有一位古筝弹得特别好的侍女，李端每次都听得如痴如醉。一次聚会时，郭暖请李端以"筝"为题目，写一首诗，于是就有了《听筝》。

她可是位古筝高手。

不过，说起最懂古筝的人，当数东汉末年的名将——周瑜。相传，周瑜一次与友人喝酒时，请来了一位擅弹古筝的琴师。

在弹奏乐曲时，琴师出了些细微的差错，但错误的琴音依然瞒不过周瑜的耳朵。每当出错的时候，周瑜就会看向琴师，笑着提醒她。从此，民间便流传着"曲有误，周郎顾"的歌谣。

116

池上 (其一)

［唐］白居易

山僧对棋坐，
局上竹阴清。
映竹无人见，
时闻①下子②声。

白居易：字乐天，晚年号香山居士，出生于河南新郑，祖籍山西太原，唐代诗人。

 注释

①闻：听见。
②下子：落下棋子。

译文

两个僧人对坐着下棋，
棋盘上映照竹林阴影。
在竹林外看不见他们，
只听见僧人的落子声。

117

方盘上的"黑白"比赛

该落哪儿呢？

诗词里有很多种游戏，最考验智慧的当数"黑白对阵"的围棋。

按照约定，一会儿吃饭你请客。

好吧。

春秋时期，围棋就已经是古人的娱乐活动之一。当时，人们将围棋叫作弈，两个人下棋叫作对弈。

南北朝时，下围棋有了新的称谓——手谈。朝廷非常重视围棋，还按照从"九到一"的顺序，为棋手设立了品级。日本围棋中的"九段"就是从这里演变而来的。

九品：守拙
八品：若愚
七品：斗力
六品：小巧
五品：用智
四品：通幽
三品：具体
二品：坐照
一品：入神

我的棋艺属于几品呢？

好厉害！

东汉的时候，围棋这项游戏日渐兴盛。"建安七子"之一的王粲就是有名的围棋高手。有一次，王粲围观两人下棋，棋局乱了，他竟能一子不错将棋局复原。下棋的人不相信，用手帕盖住棋盘，请他再演示一次，结果令人心服口服。

这手棋下得妙！

唐宋两朝的皇帝们很喜欢下棋，围棋也因此风靡全国。唐朝的翰林院中，还有专门陪皇帝下棋的职业棋手呢！

商山①早行

[唐] 温庭筠

晨起动征铎②，客行悲故乡。

鸡声茅店月，人迹板桥霜。

槲③叶落山路，枳花明驿墙。

因思杜陵梦，凫④雁满回塘。

①商山：楚山，位于今陕西商县。

②征铎（duó）：远行车马所挂的铃铛。

③槲（hú）：一种落叶乔木。

④凫（fú）：这里指野鸭。

温庭筠：原名岐，字飞卿，太原（今属山西）人，唐朝诗人。

译文

清晨起来车马的铃声叮当作响,
游子在路上想起故乡十分悲伤。
残月犹在茅草店里鸡叫声嘹亮,
板桥上的寒霜已经被行人踏乱。
枯黄的槲叶落满了山间的小路,
洁白的枳花点缀着驿站的围墙。
因为思念家乡做梦回到了杜陵,
梦中一群野鸭正在池塘中嬉戏。

作弊终酿恶果

在群英荟萃的唐朝文坛，有一位大名鼎鼎的才子，他的名字叫作温庭筠。

温庭筠能诗善词，才华比肩李商隐，时称"温李"，被尊称为"花间派"的鼻祖。

今年的才子这么多吗？

在写诗作词之余，温庭筠还充当起了"才华替身"，多次在考场上代替邻座的考生答卷，令主考官头疼不已。

　　一次考试，主考官为了严防温庭筠作弊，特将他的位置安排在了身旁。谁料，温庭筠竟在主考官的眼皮底下，帮助八个人顺利完成了答卷。

这有什么难的？

　　温庭筠作为"幕后才子"，被人们赠绰号"温八叉"。据说，他在考场上不但不打草稿，而且只要叉八次手，就能写完八个韵脚的赋文。

　　尽管温庭筠才华横溢，但帮助别人作弊的行为，在任何时代都为人所不齿，也难怪别人会批评他"有才无行"。温庭筠不但久久不被任命官职，还在当官后屡遭贬黜。

滁州西涧①

[唐] 韦应物

独怜②幽草涧边生，
上有黄鹂深树③鸣。
春潮带雨晚来急，
野渡④无人舟自横。

韦应物：字义博，京兆杜陵（今陕西西安）人。唐朝官员、诗人。

①西涧：在滁州城西的一条小河，俗名叫上马河。
②独怜：特别喜爱。
③深树：指枝叶繁茂的树。
④野渡：村野的渡口。

格外怜爱生长在那水边的野草，
黄鹂鸟在树丛的深处婉转啼鸣。
傍晚时春潮夹带着雨流得湍急，
无人的渡口只剩小船随意漂浮。

宋朝"国家美院"的考题

五代十国的时候，朝廷设立了一个绘画机构——画院。最优秀的画家开始拥有"翰林待诏"的官职，和朝中文官的待遇相差无几。到了宋朝，画院开始向全国招募画师，并成立了翰林图画院。《清明上河图》的作者张择端就是宋徽宗时翰林图画院中的一员。

翰林图画院考题的难度非常大，考试有六个科目：佛道、人物、山水、鸟兽、花竹以及屋木。主考官们会摘选一句古诗作为题目，谁的画构思精巧，富有创造力，就能胜出。因为《滁州西涧》一诗的画面感非常强，"野水无人渡，孤舟尽日横"就成为画院考试的题目之一。

观书有感 （其一）

[宋] 朱熹

朱熹：字元晦，号晦庵，徽州婺源（今属江西婺源）人，南宋诗人。

半亩方塘一鉴开，

天光云影共徘徊①。

问渠②那得清如许？

为③有源头活水来。

注释

①徘徊：移动。

②渠：代词，它。这里指方池塘。

③为：因为。

译文

半亩的方形池塘像镜子般清澈，

将徘徊的天光云影都映照出来。

为什么池塘里的水这么清澈呢？

因为有活水从源头不断流过来。

126

唯有"精神食粮"不可辜负

为什么要读书？宋朝的第三位皇帝赵恒在《劝学诗》中给出了答案："想要实现远大的理想，就勤奋地在窗前读书吧。"

男儿欲遂平生志，六经勤向窗前读。

——《劝学诗》

书中自有千钟粟，书中自有黄金屋。

我又涨知识了。

战国时期楚国诗人屈原创造了一种新的诗词文体，史称"楚辞体"，也称"骚体"。这一伟大的成就，也要归功于他对《诗经》的刻苦研习。

拒绝无效读书。

唐朝的大文豪韩愈从小与书为伴，他说"读书患不多，思义患不明"。在韩愈看来，读书不是掉书袋，最怕的就是机械地记忆，而不理解其中的道理。

诗词博物志

知识就是力量！

　　朱熹被称赞是南宋学者中最有学问的人，在读完书后有感而发："问渠那得清如许？为有源头活水来。"人们只有不断地汲取新知识，才能获得源源不断的力量。

我的话有道理吧？

好咸！

　　爱国诗人陆游这样告诫儿子"纸上得来终觉浅，绝知此事要躬行"。他认为书中记载的知识并不完善，只有亲自实践才能领悟其中的道理。

画鸡

[明] 唐寅[1]

头上红冠不用裁[2]，
满身雪白走将来。
平生[3]不敢轻[4]言语[5]，
一叫千门万户[6]开。

译文

头顶的红色冠子不需要刻意剪裁，
雄鸡披着雪白的羽毛威武地走来。
虽然雄鸡平日里不会随便去啼叫，
但打鸣时千家万户的门都会打开。

题在画上的诗

给这幅画
写首诗吧！

唐寅与沈周、文徵明、仇英并称"明朝四画家"，他不仅绘画了得，还写得一手好诗。

《画鸡》就是唐寅为自己画的一只大公鸡题的一首诗。

诗不能挡住画面！

宋朝的时候，开始流行一种新诗作，在画作的空白处，题写一首与画意境相通的诗——题画诗，形成一种诗中有画、画中有诗的独特魅力。

你的诗比我的画还有名。

苏轼的好朋友惠崇和尚画过一幅春景图，苏轼欣赏过画后，为画作题诗《惠崇春江晓景》。虽然画作已经失传，但这首脍炙人口的诗却流传了下来。

竹外桃花三两枝，春江水暖鸭先知。
蒌蒿满地芦芽短，正是河豚欲上时。

诗词博物志

130